La virtù di Cecchina

Matilde Serao

Texte et illustration de couverture : © domaine public
Edition : Culturea (Hérault, 34)
Contact : infos@culturea.fr
Retrouvez notre catalogue sur http://culturea.fr
Imprimé en Allemagne par Books on Demand
Design typographique : Derek Murphy
Layout : Reedsy (https://reedsy.com/)

Dépôt légal : janvier 2023

ISBN : 9791041844968

Venne ad aprire Susanna, la serva. Portava un vestito di lanetta bigia, stinto, rimboccato sui fianchi, lasciando vedere una sottana frusta di cotonina scura; il grembiule di tela grossa era cosparso di macchie untuose; teneva in mano uno strofinaccio puzzolente. Entrando, Isolina fece una smorfia di disgusto.

— C'è Checchina? — chiese.

— C'è — rispose Susanna, stringendo le sue labbra sottili di beghina.

— E che fa?

— Stiamo ripulendo i mobili, col petrolio.

— Volevo dire che si sentiva questo puzzo! E non ci pigliate una malattia, voi?

— Il puzzo del petrolio non fa male.

— Va' a dire a Checchina che sono qui, che ho da parlarle, di premura, subito — e cavò dalla tasca un fazzoletto, tutto profumato di *Jockeyclub*, per tapparsi il naso.

Susanna se ne andò, stringendosi nelle spalle, con un piccolo moto di sprezzo. Isolina si era buttata sul divano di *cretonne* giallina, a fiori rossi, molto duro, dalla spalliera diritta: guardava distrattamente il salotto. Vi erano quattro poltroncine coperte di stoffa simile a quella del divano, coi quadrati all'uncinetto per ripararne la spalliera contro la pomata delle teste; stavano attorno attorno a una tavola rotonda, dal marmo bianco. Sul marmo, senza tappeto, un sottolume di guttaperca rossastra e un lume di antico modello, a olio, senza paralume. Poi: sei sedie di legno nero, dal colore smorto, che sembravano sempre impolverate — una mensola coperta di marmo bigio, su cui stavano sei tazze di porcellana bianca, la caffettiera e la zuccheriera; due scatole da confetti, vuote, vecchie, una di raso verde pallido, l'altra di paglia, a nappine; un piattino di frutta artificiali, anche queste in marmo, dipinte vivacemente, il fico, il pomo, la pesca, la pera e un grappoletto di ciliegie — un tavolino da giuoco, coperto di panno verde, coi pezzi laterali abbassati — all'unica finestra le tendine di velo ricamato, molto trasparenti, molto strette, colle bende di *cretonne*. Innanzi al divano un piccolo tappeto. Era tutto. Vi faceva freddo, con quella lamentevole mattinata autunnale, in quel salotto glaciale. Isolina si strinse nel suo paltoncino nero, che le dava un'aria snella. Poi si slanciò, con una grande effusione, al collo di Checchina che le stava davanti, sorridendo tranquillamente.

— Ti si rivede, finalmente, core mio! Non potevo più stare senza te, nina mia: ti giuro che mi pareva mill'anni di rivederti. Quel Frascati! Ti ci sei divertita, almeno?

— Sì — rispose Checchina, senza battere palpebra.

— Infatti, sei più bella, più colorita: peccato che tutto questo si perda, con quello scemo di Toto, che non capisce nulla! E perchè porti la frangetta sulla fronte che nessuno usa più?

— Ma... è più comoda, ci si pettina in un momento: Susanna non sa fare altro.

— Che, che! Si compra un ferro per arricciare i capelli, si mette un carboncino acceso in uno scaldino e si fanno i riccioli, ogni mattina. Ecco, come me. Ma ci vuole anche la reticella di capelli, per tenerli fermi, i riccioli.

— Susanna non sa fare tutto questo ¾ rispose Checchina, ostinatamente.

— Perchè non la mandi via, Susanna? è antipatica.

— Antipatica?

— Uh! queste serve, queste serve, tutte nemiche pagate. Io, vedi, sarei felice di mandar via Teresa che è ladra, insolente e... non ti dico altro, se ne va per ore intiere dalla casa. Ma, come faccio? Sa tutti i fatti miei, è sveltissima, di una fedeltà che mi costa molto, ma di cui mi posso valere. Capirai, non posso mandarla via: se quella racconta tutto a mio marito? Anche ieri ho dovuto darle quella vestaglia di flanella rossa, che era ancora portabile, quella che piaceva tanto a Rodolfo. Oh! l'amore è un gran tormento!

— È un gran tormento ¾ mormorò macchinalmente Checchina.

— Che ne sai tu? Sei una scema, te l'ho sempre detto. Ti sei innamorata, forse, a Frascati?

— Isolina!

— Non ti offendere: tutto può accadere. Oh! io sono innamorata più che mai.

— Di Rodolfo?

— Ma che Rodolfo, che Rodolfo! Quello era uno stupido, un avvocato, figùrati, come mio marito! Non vi era gusto, capisci: meglio Gigio, poi. Ma questo, questo qui, è ufficiale di cavalleria, lo amo, immensamente, come non ho mai amato nessuno. O Checchina, che passione! Io ne morirò.

Mentre diceva queste parole, un fiotto di sangue le colorava il bel viso bruno, gli occhi brillavano e le labbra tumide, rosse, pare già sentissero la golosità dei baci. Checchina la guardava con la sua aria seria e pacata di femmina senza temperamento, senza avere un fremito nella bella persona, che il goffo vestito di lana nera non arrivava a render brutta.

— E Gigio? — chiese, col suo buon senso naturale.

— Oh! Gigio è geloso, gelosissimo, mi ammazza se sa che io amo Giorgio.

— E non hai paura?

— Ho paura, certo; se non avessi paura che gusto ci sarebbe ad amare Giorgio? Esporsi alla morte per colui che si ama, non è forse la maggior prova d'amore? Se sapessi che cruccio che mi dà quest'amore! Già non ho mai quattrini e ce ne vogliono, capisci, per darne a Teresa, per le carrozze, pei guanti, pei fiori — mi presti venti lire?

— Come vuoi che te le presti? Non le ho.

— Dio mio, come faccio? Domani, sai, è giorno di appuntamento e debbo andarci, assolutamente; ho da comprarmi un velo di garza che costa cinque lire e mi serve, a ogni costo; ho da comprarmi una corazza di maglia che costa quindici lire, e per andare da lui ci vuole la carrozza…

— Ti posso dare sei lire: le ho risparmiate sulla spesa ¾ disse sottovoce Checchina.

— Sei lire…e che faccio con sei lire?

— Parla piano, che non ti senta Susanna.

— Sei lire… basta, dammele, farò alla meglio. Grazie cara; sei buona, nina mia. Fra me e te, vedi, è un'amicizia straordinaria. Così potessi servirti in qualche cosa, una volta…

— No, no — disse Checchina, presa da un lieve tremore.

— Tutto può accadere: non ci facciamo forti, core mio. Addio, a rivederci, me ne vado, debbo impostare questo bigliettino per Giorgio. Hai un francobollo da un soldo?

— Come vuoi che io lo abbia? Non scrivo mai.

— Scommetto che non hai neppure la carta da scrivere?

— Ne ha Toto, nel suo studio, con l'intestazione sua.

— Poveretta, poveretta, come ti compatisco! L'amore è una gran bella cosa, Checchina mia.

E se ne andò, gaia, leggera, con una effusione di sorriso interiore sul volto, come chi porta un tesoro di dolcezza nell'anima. Checchina stette un minuto a pensare, poi si adattò attorno alla vita, sul vestito nero, un grembiule di tela bianca e andò a strofinare l'armadio, col petrolio, mentre Susanna strofinava il cassettone.

II.

Un giorno — di venerdì — il dottore Toto Primicerio, mentre stava per uscire, disse a sua moglie Checchina, che gli spazzolava le spalle del soprabito:

— Sai, ho invitato a pranzo il marchese d'Aragona.

Ella si fermò dallo spazzolare, immediatamente.

— Capisci — continuò il marito, senza voltarsi — è stato così compito, con noi, a Frascati, bisognava usargli una cortesia, qui, in Roma. Vede tutte le famiglie nobili, dà del tu a tutte le principesse romane: mi sarà utile. Viene domenica, alle sette, l'ora della nostra cena: *essi* pranzano, a quell'ora. Per un giorno pranzeremo anche noi alle sette.

Quando egli si voltò, vide sua moglie un po' pallida, tutta seria.

— Questo pranzo ti secca, Checca mia? Ora è fatta e non si può disfare...

— Un marchese... qui da noi... lui che va a pranzo da tutte le principesse...

— Ebbè, qui si contenterà e non morirà mica di fame. Aggiusta tu con Susanna — concluse Toto, con la bella tranquillità romanesca, andandosene all'ospedale di Santo Spirito a rassettare braccia slogate e a medicare piaghe purulente. Andò via, il dottore, ma nella casa stretta rimase la sua traccia, quell'invincibile fetore di acido fenico.

Checchina non aggiustava nulla con Susanna. La serva era in cucina e schiumava il brodo, borbottando contro l'empietà del padrone che mangiava carne di venerdì, mentre lei, Susanna, si contentava di un pezzo di baccalà fritto. Checchina stava in camera, seduta accanto al largo, alto letto maritale, con le mani in grembo, tutt'assorta nei suoi pensieri, non accorgendosi di essere ancora in pianelle e col fazzoletto di tela al collo. Un marchese che va dalle principesse e le abbraccia e dà loro del tu, a pranzo da loro! Ma perchè dunque Toto lo aveva invitato? Come gli era venuto in mente di far questo? A Frascati, il marchese di Aragona villeggiava dai principi di Altavilla: egli scarrozzava ogni giorno con la principessa, l'accompagnava alla messa, uscivano a cavallo insieme, ella tutta chiusa nell'amazzone nera, col velo nero attorcigliato al cappello da uomo e una rosa *thea* all'occhiello, egli in costume di velluto verde oliva, cravatta di raso nero, speroni di acciaio e frustino nero. Essa, Checchina, li aveva visti a passare, due o tre volte, come un'apparizione. Era un bel giovane, il marchese d'Aragona, alto, con una testa ricciuta e gli occhi malinconicamente espressivi. Un giorno, scendendo da cavallo, si era un po' storto un piede e Toto Primicerio era stato chiamato ad Altavilla per curare quest'inezia. Ma d'allora, ogni volta che il marchese d'Aragona incontrava Checchina Primicerio, le faceva una scappellata profonda, quel gran saluto aristocratico che lusinga le donne borghesi. Tre volte l'aveva salutata così: una domenica, sulla piazza, dove suonava la banda municipale fra la chiesa e il caffè, mentre le belle frascatane passeggiavano, la testa e le spalle nascoste nello scialle di lana bianca; un mercoledì, nel pomeriggio, ella cuciva dietro i vetri del suo balcone, rimettendo i polsini a una camicia vecchia di suo marito, e il marchese di Aragona, passando nella via, salutò; un lunedì, di mattina, ella era con Susanna, in un vicolo recondito di Frascati, a contrattare la compra di certe ceste di pomidoro da un contadino, per farne conserva, per l'inverno, e il marchese d'Aragona, passando, salutò: questa volta ella aveva arrossito, lo ricordava bene, ma non sapeva perchè, forse perchè Susanna litigava forte col contadino, sul prezzo. Ora questo marchese veniva a pranzo ¾ ed ella non sapeva che dargli da mangiare a questo nobile, avvezzo alle fantasie culinarie dei grandi cuochi. Avevano un servizio di piatti solo per sei persone, comprato a una vendita, da Stella, e mancava la salsiera e l'insalatiera: sarebbe bastato? E l'insalata, poichè ci vuole, l'insalata, in un pranzo, dove l'avrebbe messa? Ecco, gli si potevano dare li gnocchi col sugo di carne: li gnocchi li avrebbe fatti lei, Checchina, e il sugo, Susanna, che, a questo, era brava. Poi sarebbe venuta la carne col contorno di patate, cotte nel sugo: poi un piatto di pesce fritto. Ma come fare se Susanna si lamentava, sempre, che la padella era alta in mezzo e l'olio cadeva ai lati e nel mezzo il pesce diventava nero, abbruciacchiandosi? Ci voleva una padella nuova o bisognava rinunziare al fritto. Le posate d'argento erano sei, ma una forchetta aveva due rebbi storti: presto presto, in cucina, Susanna avrebbe dovuto lavarle, come i piatti, se non bastavano. E l'arrosto, l'arrosto ci voleva! Non usa il pollo, nelle case aristocratiche? Come lo avrebbe arrostito, se i fornelli erano due, in cucina, e mancava il girarrosto? Questo pranzo sarebbe costato una quantità di quattrini; come dirlo a Toto, quante cose ci mancavano nella casa! Un marchese, con un'aria così seria da gran signore, che portava al dito un anello con un brillante, uno zaffiro e un rubino, ella lo aveva visto benissimo; un marchese che sicuramente varie principesse dovevano amare ¾ bisognava dargli anche il piatto dolce. Che cosa sapeva fare, ella, di dolce, da quando era giovanetta? La torta con la conserva di amarena? Quante uova metteva, allora, con un chilo di fior di farina, mezzo chilo di zucchero finissimo e mezza libbra di burro? E il forno per cuocerla, la torta? Veramente avrebbe potuto mandarla giù, dalla portinaia, che aveva il forno: bisognava pregarla di questo favore, quella dispettosa Maddalena che litigava sempre con Susanna, sul proposito della confessione, chè Maddalena era proprio una eretica ¾ poi, il giorno seguente, se ce ne avanzava di torta, glie ne avrebbe mandato un pezzetto, per fargliela assaggiare e ringraziare della cortesia.

E il caffè si dà in tavola, non è vero, dopo che si è sparecchiato? Susanna, alla mattina, lo faceva sul fuoco, il caffè, con la ribollitura del giorno prima e un po' di caffè fresco; mentre questi nobili, con la loro aria sempre svelta e vivace, è chiaro che prendono il caffè fatto con la macchinetta, sullo spirito e tutto caffè fresco, tre o quattro cucchiaini per tazza, senza ribollitura. Appunto la settimana prima Bianchelli aveva fatto una grande esposizione di macchinette, tutte lucide, fiammanti, che parevano di oro e di argento. Ce ne voleva una: e poi, in due giorni, Susanna doveva imparare a usarla. Ci volevano cinquanta lire, per questo pranzo. Toto non gliele avrebbe mai date. Le dava tre franchi il giorno per la spesa; ma avevano il vino in casa e ogni tanto qualche regaluccio da un cliente, una forma di cacio, un salame, qualche cestino di frutta. Anche, per lasciare quelle tre lire, Toto borbottava; e Susanna, in cucina, giurava nel nome di Santorsola, patrona di tutte le vergini, che non ci si arrivava, non ci si arrivava, e i beccai erano tanti cani e i fruttaroli tanti ladri di strada. Come avrebbe fatto per chiedere a Toto tutti questi quattrini, pel pranzo del marchese? Giusto aveva prestato le sei lire, risparmiate a furia di stenti, a quella sventata di Isolina: con sei lire qualche cosa si poteva fare... — e a quest'ultimo pensiero, arrossì, ricordandosi.

Poi si alzò, andò in cucina e stette a guardare, distratta, Susanna che tagliava minutamente una pastinaca per metterla nel brodo. Non diceva nulla, tutt'assorbita. Due o tre volte la serva borbottò contro il carbonaio che non aveva proprio coscienza, nè timor di Dio, a vendere il carbone adacquato per farlo pesare di più, ma la padrona non le dette retta. A un punto, Checchina le disse, come ridestandosi:

— Li sapresti fare, Susanna, i riccioli sulla fronte?

— Quale riccioli? — chiese l'altra sbalordita.

— Come quelli di Isolina — mormorò la padrona a bassa voce.

III

Quando il marchese d'Aragona giunse, alle sette meno dieci minuti, come vuole la consuetudine, Checchina era ancora in camera sua, a vestirsi. Aveva il viso rosso, due placche di fuoco sulle guance, tanto la vampa del fornello le aveva mandato il sangue alla testa. Era stanca morta, aveva dovuto far tutto lei, perchè Susanna si ricusava ogni tanto, con acredine, seccata di questo pranzo. Già, alla mattina non si era potuto andare alla messa in sant'Andrea delle Fratte, e Susanna era implacabile, quando non aveva potuto ascoltar la messa. A quell'ora, pel caldo, per la fatica, per l'idea che tutto sarebbe andato male, una grande confusione era nella testa di Checchina: gli occhi le brillavano, come per febbre. Quattro volte si era lavata le mani per paura che avessero il sito di pesce e macchinalmente le fiutava, come in un sonnambulismo. Uscendo nel salotto, il marchese le diresse un complimento sulla sua buona cera e Toto Primicerio si ringalluzzì. Il marchese era in soprabito chiuso, cravatta di raso bianco, con spillo di brillanti, a ferro di cavallo: si toglieva lentamente i guanti, donde le mani uscivano bianche e morbide, come quelle di una donna. Mentre ella restava in piedi, impacciata dal suo vestito nuovo di lana foglia morta, con un'arricciatura di merletto al collo che le solleticava la nuca, pensava, disperatamente, che forse era meglio dargli del brodo invece delli gnocchi.

Toto Primicerio continuava a dire e a insistere che quello era un pranzetto alla buona, in una casa modesta, che non aveva a che fare coi banchetti principeschi: il marchese sorrideva, con una grande finezza, e non rispondeva. Quando Susanna, con una voce brusca, annunziò che li gnocchi erano in tavola, egli s'inchinò e offrì il braccio alla signora. Ella sentì il sottile profumo che egli portava, forse nei capelli, forse nel fazzoletto: un profumo molle e dolce: le pareva di averlo sulle labbra, come un sapore di zuccherino. In verità, sul principio del pranzo, ella fu molto in pena, perchè tutto andava male. Susanna dava al marchese certe occhiate di diffidenza e serviva di malagrazia. I piatti e le forchette tardavano un secolo, dalla cucina: e Checchina taceva, senza osar di chiamare, fissando la tovaglia, tutta imbarazzata. Toto Primicerio aveva una grossa allegria di medico in festa, arrischiava lo scherzetto, parlava familiarmente al marchese, come se fossero compagnoni: gli narrava di una quantità di gambe segate, di budella ricucite e riadattate nel ventre, di carotidi recise e di flemmoni che gonfiavano un braccio come un pallone. Il lume filava, e quando si abbassava, la luce era troppo fioca. A un punto il marito disse:

— Caro marchese mio, questi gnocchi e la torta che assaggerete in fine di pranzo, sono opera di questa Checca mia, che ha le mani benedette.

Il marchese le fece un complimento squisito. In verità, egli fu finissimo. Parve non si accorgesse neppure di tanti piccoli incidenti volgari, non guardò mai Susanna, come se non esistesse, prese due volte della frittura e parlò sempre, con la massima scioltezza. Parlava a mezza voce, con una *erre* molto lieve, quasi aspirata, e una *esse* infantile, molto dolce; quella voce aveva delle intonazioni molli, come carezzevoli, e nelle più semplici parole, pareva che ondeggiassero soffi caldi, aliti avvincenti di tenerezza. Parlando, fissava negli occhi il suo interlocutore, col suo sguardo serio, pensoso, mentre un lieve sorriso compariva sotto l'arco biondo dei mustacchi e la mano morbida scherzava col coltello. Checchina, sollevata dal suo incubo, si rincorava, vedendo la disinvoltura da gran signore con cui il marchese di Aragona non si accorgeva di nulla: il viso rosso diventava roseo, e l'arricciatura che le solleticava la nuca, le cagionava un fastidio dilettoso, invece che una pena. Ogni tanto, sotto lo sguardo del marchese, le palpebre le battevano, come se la luce fosse troppo viva nella stanza; ma anch'ella sorrideva, silenziosamente, annuendo col capo a quello che diceva. A proposito della torta, che era forse un po' troppo cotta, abbrustolita nell'orliccio, egli disse qualcosa di molto delicato, sulla dolcezza della donna. Checchina non intese bene il senso delle parole, ma la voce la carezzò come una musica. Il marchese non prese il caffè, che forse era molto cattivo, ed ella gliene fu grata in cuor suo: i denari non le erano bastati per comprare la macchinetta. Invece Toto Primicerio volle che si sturasse una bottiglia di *vieux cognac*, che gli aveva regalato un suo cliente di Francia. Il marchese allora levò il bicchierino e fece un brindisi alla signora Primicerio: la quale, per corrispondere, bevve un bicchierino di *cognac*, liquore che non aveva mai bevuto, di un fiato solo.

Nel salotto, tutti tre tacquero un momento. Vi faceva freddo in quella stanzetta povera di mobili, senza tappeto, con quelle tendine grame. Come se si potesse riscaldarla coi lumi, Checchina fece portare l'altro lume che esisteva in casa; ma non aveva paralume e accecava, a guardarlo. Ella sedeva sul divano, ritta sul busto, sentendo per la prima volta la miseria di quella stanza e soffrendone acutamente: appena appena se udiva la voce armoniosa del marchese di Aragona che le diceva male della villeggiatura di Scozia, dove gli Altavilla, suoi cugini, avevano un castello. Vi era freddo laggiù: ella rabbrividiva qui: le lagrime le salivano agli occhi. Toto Primicerio si lasciava vincere dall'irresistibile sonno degli uomini adiposi, che hanno molto mangiato e molto bevuto. Ella rivolgeva a suo marito certe timide occhiate, quasi supplicando di non addormentarsi: Toto, come tutti gli uomini grassi, russava. Toto non capiva e, disteso sulla poltroncina, ogni tanto chiudeva gli occhi e abbassava la testa sul petto. Alla fine uno sguardo di Checchina lo svegliò, come una scossa elettrica: egli si levò, arrivò sino alla finestra, guardò nella strada per avere un'aria disinvolta, poi uscì dalla stanza, d'un tratto solo, senza voltarsi. Egli aveva bisogno di dormire un'oretta, dopo il pranzo.

Questo bel marchese di Aragona finse di non vedere l'uscita del marito. Disteso nella poltroncina con una gamba accavallata sull'altra, egli mostrava il piede aristocratico, calzato dalla calza di seta rossa e dalla scarpa di copale: una mano arricciava, affilava i mustacchi biondi, e l'altra si poggiava sul bracciuolo del divano, dove Checchina era seduta. Checchina, ora, respirava meglio, chè suo marito dormiva, largo disteso, sul letto coniugale. Ella osava alzare sul marchese i suoi grandi occhi romani, immobili forse nell'espressione, ma profondi. Di nuovo sentiva quel molle profumo di violetta, che le dava un intenerimento ai nervi. Il marchese d'Aragona aveva ancora abbassato il tono della voce: ora le diceva della propria casa, un quartierino da scapolo, dove egli passava delle lunghe ore solitarie.

— Perchè non vi ammogliate, allora? ¾ disse ella, ingenuamente.

Poi si pentì della soverchia familiarità. Egli non rispose alla domanda: vi fu silenzio.

— La casa è solitaria — mormorò egli, di nuovo, guardando Checchina — in quella malinconica via dei santi Apostoli. La conoscete? Sì?… mi fa piacere. Non il palazzo di Balduccio Odescalchi, il principe Odescalchi, un mio amico: no, quello accanto, dopo un arco. Sono al primo piano: ventiquattro scalini. Io detesto le scale lunghe: mi fanno male al cuore. Nella mia famiglia è ereditaria la malattia di cuore: ne moriamo tutti molto presto. Che importa? La vita deve essere breve e buona. La mia è troppo lunga: e non è bella sicuramente. Non vi è mai nessuno in casa mia: vi sono due porte nell'appartamento, il mio cameriere prepara, dal mattino, tutto quello che mi può servire nella giornata. Poi, resto solo. Il quartierino ha le triplici tende di seta gialla, di merletto bianco e di broccato che lo difendono contro la soverchia luce. Io amo molto la penombra, in cui si può sonnecchiare. Vi sono dei tappeti dapertutto, e la casa tutta quanta è un po' foderata, un po' imbottita, contro il freddo: il caminetto del salotto ha sempre una fiammata viva. Io sono molto freddoloso: nel calduccio mi sento felice. Sono sempre solo, in quella casa: per divertirmi, abbrucio una pastiglia orientale che profuma la stanza, fumo una sigaretta, e aspetto che venga… chi? Un sogno, un fantasma, una bella donna semplice e buona, che mi volesse bene, che io adorerei…

— Volete venirci voi? — soggiunse subito, baciandola improvvisamente sul collo.

— No, no — disse lei, difendendosi le labbra col braccio.

— Vieni mercoledì, dalle quattro alle sei, vieni, Fanny.

— No, mercoledì — rispose Checchina, vinta da quel nome.

— Venerdì allora, alla stessa ora.

E fattole un profondo inchino, se ne andò. Susanna gli fece lume, con una lampadina a olio, per le scale.

IV.

Al mattino seguente il marchese d'Aragona mandò alla signora Primicerio un mazzo di rose bianche e di vainiglia. Toto era uscito. Checchina si faceva pettinare da Susanna: aveva gli occhi socchiusi e le labbra sbiancate, come chi ha mal dormito. Si fisava nello specchio, senza vedersi, come trasognata: quando vide il mazzo di fiori, si confuse, lo prese pe'l gambo, lo strinse al petto, sbalordita:

— Il cameriere aspetta — disse Susanna, con la voce dura e secca.

— Aspetta? gli dirai… gli dirai, Susanna, che ringrazio tanto il signor marchese… e che lo ringrazia anche mio marito. Va… senti, non sarebbe meglio scrivere un biglietto di ringraziamento?

— So molto io — borbottò l'altra, con una spallata.

— Senti, io non posso passare dinanzi al cameriere in sottana di flanella: fammi il favore, prendi un foglio di carta, una busta, il calamaio, la penna, e porta tutto qui.

Mentre Susanna si attardava, di là, Checchina con la faccia china sul mazzo delle rose, pensava a quello che avrebbe scritto al marchese: era presa dalla vergogna di non saper scriver bene, di far qualche grosso errore di ortografia. Era da tanto tempo che non scriveva più una lettera: e il marchese, sicuramente, doveva ricevere di mirabili bigliettini da quelle fantastiche principesse, sue parenti. Esse dovevano scrivere su quella fine carta che pare raso, che Isolina ci si rovinava a comprarne una scatola, una carta che odora di buono, come tutte le cose di questa gente nobile e ricca. Ella, Checchina, non aveva carta, salvo quei larghi fogli da ricetta, di suo marito, che portavano per intestatura: Antonio Primicerio, medico-chirurgo, consultazioni dall'una alle tre, Via del Bufalo: — larghi fogli che putivano di acido fenico come tutte le cose che Toto toccava, come ella stessa, Checchina, che ogni tanto si fiutava le maniche del vestito, per trovare la traccia di quel cattivo odore.

16

— Non vi è la busta — disse Susanna, rientrando.

— E come faccio, ora?

— Pieghi in quattro un foglio grande e lo chiuda con la mollica del pane.

— No, preferisco far senza. Di' al cameriere che ringrazî per me il marchese: ma… senti, bisognerà dargli qualche cosa a questo cameriere?

La serva fece una smorfia, come se non volesse intervenire.

— Ce l'hai una lira, Susanna? — pregò la padrona con la voce e con lo sguardo.

— Come vuole che ce l'abbia? Alla grazia dei quattrini che mi consegna, la mattina! Tutto è caro, il beccaio è fuori del timor di Dio e alla verdura non ci si può avvicinare, per non far peccato d'ira e di superbia. Mi sono rimasti pochi soldi in tasca…

— Contali, Susanna, fossero mai una lira — le tremava la voce e aveva le lagrime negli occhi.

— Appena appena otto soldi e ho da comprare il sale per la minestra e il cacio per la trippa.

— Dà questi otto soldi al cameriere, e che ringrazi il suo padrone e che lo preghi di scusarmi se non ho scritto… Va', Susanna, al sale ci penseremo…

— Già lo sa lei, che il tabaccaio credito non ne fa.

Checchina chinò la testa: mentre di là, Susanna parlava col cameriere, la padrona arrossiva, arrossiva di scorno per quegli otto soldi così meschini, così miserabili, che quel cameriere, avvezzo alle mance principesche, avrebbe certo disprezzato. Quando udì chiudere la porta, respirò di sollievo.

— … li ha presi?

— Sfido io!

E in silenzio ricominciò a passarle il pettine nella foltezza dei capelli bruni. Checchina, fra le palpebre semichiuse, seguitava a guardare i fiori, a seguire il sottile traforo della lieve carta che li circondava.

— Dove lo vuol mettere quel mazzo?

— Qui…

— Stia attenta che la puzza dei fiori fa male al capo. Glielo avverto perchè una signora dove ero a servizio, ne prese un mal di testa, uno sturbo da morirne.

— Allora li metteremo in salotto.

— E dove li farà bagnare? Non ci sono vasi.

— In un bicchiere…

— Sono tutti troppo piccoli…

— È vero — mormorò la padrona, umiliata — sono troppo piccoli.

— Mi senta — riprese Susanna — che le do un santo consiglio. Il meglio che possa fare, è di mandare questi fiori alla Madonna Immacolata in sant'Andrea delle Fratte. Glie li dia col cuore, come dice il predicatore, e ne avrà doppio merito innanzi a quella Vergine Immacolata. Già… non si sa mai, fiori, dolci, gioielli, sono opera del diavolo e inducono in tentazione. Scansi il pericolo; mandi i fiori alla Madonna.

— Almeno aspettiamo Toto, che li veda; ne avrà piacere — disse Checchina, a voce bassa, vinta da un timore interiore.

— Sì, piacere! Se lui dice che i fiori costano troppi denari e non significano nulla e non servono a nulla, salvo i fiori di tiglio per far sudare e i fiori di camomilla per il mal di pancia!

— Allora portali tu alla Madonna, questi fiori.

Seguì con l'occhio quelle rose bianche dal seno rosato, quella mite vainiglia: poi cercò di scuotersi da quel torpore. S'infilò la giacchetta del suo brutto vestito di casa, cercò di rialzarne il merletto bianco del collo che era tutto gualcito, e andò a sedersi nella stanza da pranzo: per stanchezza, per disgusto, non ebbe la voglia neppure di compire il suo solito giro mattinale nella casa, per vedere se vi fosse polvere sui mobili, se gli angoli delle stanze fossero bene spazzati, se il focolare di mattoni lucidi, a scacchetti bianchi e neri, fosse stato lavato. Si sarebbe buttata sul letto, vestita com'era, per dormire, se la coperta di cotonina rossa e gialla, imbottita di bambagia, non le avesse dato un senso di freddo. Si mise a marcare di rosso con le iniziali A. P. e col numero progressivo, certi strofinacci nuovi, a cui aveva già fatto l'orlo. Lavorò per mezz'ora, come in sogno, cercando di vincere la sonnolenza, applicandosi a contare i fili, mentre le palpebre le battevano.

Lo strofinaccio era caduto per terra, lasciando sul vestito nero la gugliata rossa, come un filo di sangue: a Checchina le mani giacevano in grembo, inerti. Provava certi lenti brividi di freddo per la persona, con una pesantezza vincente della testa. Sui mattoni grezzi del tinello, i piedi, calzati da un vecchio paio di stivali di prunella, s'irrigidivano: trasse innanzi a sè una sedia e li appoggiò al cannello. Aveva una voglia grande di sdraiarsi in una poltrona lunga e soffice, dalla stoffa liscia liscia di seta che scricchiola dolcemente, affondando i piedi in un tappeto caldo e molle. Di queste carezzanti morbidezze egli le aveva parlato: e in quel dormiveglia un po' penoso, stringendosi tutta nella vesticciuola di lana, ficcando le mani nella larghezza delle maniche, per aver caldo, chinando il capo sul petto, tutta raccolta, ella pensava che dovesse essere di bello, di confortante quel nido caldo, ombroso, profumato, dove si affondava nella piuma e non si udivano rumori. Le ronzava nella testa la voce di lui, così soave, così soave, mentre le parlava.

Nel dormiveglia, pensando, sognando, le pareva udire di nuovo quella voce profonda, toccante, carezzevole, che alle più dolci parole dava un'intonazione musicale: le pareva di respirare nell'aria, intorno a sè, quell'odore fresco, quasi giovanile, di violetta. — Una scossa nervosa la fece trasalire, le fece aprire gli occhi: tremava dal freddo, ora, in quella oscura stanza da pranzo, con quella umidità di novembre. Le mani bruciavano, le braccia le dolevano, in una gamba sentiva un formicolìo, come la puntura di mille spilli. Andò in camera sua, zoppicando, battendo i denti, si avvolse in uno scialle di lana, a quadrettini grigi e azzurri, che era già stato lavato quattro volte. Oh! avesse avuto una pelliccia almeno, come tante altre donne fortunate che incontrava per il Corso, tutte ridenti, chiuse ermeticamente nella rotonda nera che lascia vedere solo l'orlo del vestito; ma con Toto, non era il caso neppur di parlarne. Costavano, le meno care, quarantacinque lire, somma enorme. Uscire con la pelliccia, sarebbe stato tanto bello, tanto signorile, anzichè con quel vecchio mantello di panno nero, il cui passamano aveva perduto tutte le perline ed era diventato rosso. Allora una grande malinconia la invase: la privazione delle cose ricche ed eleganti che aiutano e fanno risplendere la bellezza feminile.

Aprì l'armadio dei vestiti e si diede ad osservarli minutamente, con una cèra afflitta: quello di estate, di lanetta a grandi scacchi gialli e verdi, era troppo chiaro, dava troppo all'occhio, la ingrossava, era troppo freddo, non ci si poteva pensare. Quello di seta nera, lo usava da quattro anni, era liso su tutte le cuciture, specie nel busto, dove le stecche di balena consumano maledettamente la stoffa; era troppo miserabile, sarebbe parsa una stracciona, non lo poteva mettere. Non le restava che il suo vestito di lana *foglia morta*, quello che portava la sera prima, al pranzo, quello stesso, sempre quello, quell'unico. Non aveva altro, doveva da capo infilarsi quello e fare la medesima figura della sera prima, cioè quella di una povera meschina, che il marito tiene a stecchetto. Oh quel Toto così taccagno, così attento al centesimo, che discuteva ore intiere sopra la spesa di una mezza lira! Quel Toto così sospettoso di essere rubato, che riuniva la moglie e la serva nello stesso sospetto, e le vigilava, e le guardava con un certo sorriso maligno, il sorriso dell'uomo furbo a cui nessuno la fa, che arrivava loro alle spalle, improvviso, quando parlavano sottovoce, in cucina — e loro che restavano interdette, Checchina pallida pallida e Susanna rabbiosa. Perchè non glielo avrebbe fatto un vestito di casimiro nero, di quella bella lana fina che fa le pieghe così larghe e si tende sul busto come un guanto e diminuisce le persone troppo grasse? Ma che! Ce ne volevano almeno dodici metri, a cinque lire il metro, erano sessanta lire, e una ventina di lire alla sarta, fra spese e manifattura, il meno che si poteva — il casimiro si guarnisce da sè — dunque, ottanta lire, per una volta sola, ma un vestito di quelli si porta sempre, è sempre elegante e dura un secolo. Da due anni, ogni tre mesi litigavano con Toto per questo vestito:

— Scusa, perchè te lo avrei da fare? Quelli che hai, non ti bastano? sono tanti! Hai da far la bellina per me? Checca mia, oramai ti conosco, ti so molto, e questo civettìo non serve più.

— Allora io ho da andare come una stracciona, nevvero? E la gente attorno dirà che sei un medico senza clienti e senza quattrini!

Ma non andavano più oltre le ribellioni della natura flemmatica e timida di Checchina. Ella si stringeva nelle spalle, si rassegnava, ricadeva nella sua apatìa, riaccomodava i suoi vecchi vestiti, li faceva tingere, li faceva lavare. Ma ora, ora sorgeva ardente, vivissimo il desiderio di questo vestito nero. Le sarebbe andato così bene, tutto semplice, coi bottoni di pastiglia nera, col fazzoletto di velo bianco avvolto al collo, come un collarino monacale, con una di quelle spille d'argento che sono formate dalle lettere di un nome: *Fanny*, che Suscipi le vende, a buon mercato. E su la pelliccia e il cappello… come era brutto il cappello che aveva! Era di paglia nera che aveva perduto il lucido, foderato di velluto nero, con una falda dritta e un'altra abbassata, una piuma nera, piccola, povera, che aveva perduta l'arricciatura e pendeva, sfilacciata, come se avesse preso una grande bagnatura. Visto sulla testa, di sotto in su, il cappello non stava male: ma a guardarlo di dietro, era una pietà. Ecco, ci sarebbe voluta una cappottina di velluto nero, semplice, con un piccolo diadema e un gruppetto sollevato di pennine nere, niente che un fiocchetto, e i nastri anche di velluto che si annodano sotto il mento: ne avevano tutte le modiste, di queste cappottine, e costavano da venti a venticinque lire. Col vestito nero e con la pelliccia, sarebbe stata una cosa meravigliosa. Ma niente, niente: ella non aveva niente di tutto questo, non lo avrebbe mai avuto, tutto era inutile, tutto, tutto, era impossibile.

Ebbe una mezz'ora di annullamento nella desolazione, mentre in cucina Susanna grattava la tavola con un grosso coltello, per raschiarne l'unto. Quel rumore monotono, continuo, finì con lo scuoterla, col darle animo. Qualche cosa bisognava fare. Si mise a frugare nel cassetto dell'armadio, fra i vecchi fiori artificiali dai petali sgualciti, fra le piumette rôse dai tarli, fra i rotoletti di straccetti. Vi era una cappottina di raso nero, di due anni prima; la forma era troppo alta, sulle pieghe il raso mostrava la trama di cotone, non vi erano nè fiori nè piume. Ma scucendola, questa cappottina, e rifacendola, nascondendo le pieghe consunte, mettendovi la piuma del cappello rotondo, che si poteva arricciare con le forbici, ne poteva venir fuori un cappellino passabile, ma senza le sciarpe. Subito, presa da una voglia di far presto, si mise all'opera, scucendo, ricucendo, piegando, ripiegando quel poco raso, non riuscendo a celarne le strisce consumate, impazientandosi. Ne venne fuori un certo coso informe, tutto sbuffi e gonfiamenti: ma la penna avrebbe accomodato tutto questo. La tolse dal cappello rotondo e l'appuntò con gli spilli su quello che rifaceva, per provare. Innanzi allo specchio, si guardava, con quel cappellino troppo piccolo sul capo, con la penna che andava di traverso, e vedeva di aver fatto un pasticcio.

— Che fai qui? — chiese il marito, arrivandole alle spalle.

Ella si rivolse precipitosamente, spaventata come se avesse commesso un delitto, imbarazzata; con quel berretto sul capo.

— Che fai qui? — ripetè lui.

— Niente: provavo ad accomodarmi un cappello, perchè non ne ho, come tu sai.

— Alle solite, neh, Checca mia? Sarebbe meglio pensassi alla minestra di cicoria, che Susanna ha dimenticato di metterci una cotenna grassa di maiale. E dire che lo sai, quanto mi piace la cotenna!

— Come ti pare questo cappello? — chiese lei.

— E che vuoi che io ne capisca, dei vostri capricci femminili? So molto io, dei vostri cappelli!

— Ma pure, dimmelo, Toto — supplicò lei.

— Ti sta male, ti sta male, ecco tutto, giacchè vuoi la verità. Era meglio l'altro.

Ella si tolse lestamente di capo quel berretto strano e ne staccò la piuma.

— Ora non è tempo di far cotesto, Checca — esclamò il dottore, con la sua grossa voce — ora si mangia.

A tavola, mentre Toto tagliava il lesso rassegnato, Checchina gli disse del mazzo di fiori, come per caso, guardando nel piatto.

— Già, tutti compagni questi nobili — rispose il medico — tutti a un modo. Gli date un pranzo che vi costa su per giù un trentacinque lire, tanto che voi ci mangereste dieci giorni, cavate i quattrini dalle vostre vene, chè vi sfacchinate dalla mattina alla sera, toccando polsi di gente malata, guardando lingue sporche e altre cose più sporche ancora, infine cercate di far buona figura, dandogli da mangiare, lui viene, mangia il pranzo come se nulla fosse, chi si è visto s'è visto, la mattina dopo un mazzo di fiori alla signora!

— Così usa, forse — disse ella, guardando nel bicchiere, dove vi erano poche gocce di un vinello bianco dei castelli.

— Usa, usa! Non mi parlare dei loro usi, di questi aristocratici. Dammi quella trippa: è fatta col lardo, nevvero, Checca? Usano una quantità di scempiaggini, questi signori: i fiori costano tanto denaro e non servono a niente. Ci voleva il cacio pecorino, su questa trippa. Susanna, perchè non ce lo avete messo, il cacio pecorino?

— Non avevo più quattrini, per comprarlo — gridò quella dalla cucina, con un grande rumore di forchette e di coltelli.

— Tutto avete speso?

— Tutto.

— Al solito, sempre la stessa antifona! aveste mai un soldo da restituire!

— Ci è stata la mancia al cameriere del marchese — replicò la serva alacremente.

— Anche la mancia?!

Checchina ingoiò in fretta un bicchiere d'acqua, tutto intiero.

— Anche la mancia: ecco a che servono i fiori, a farmi mangiare la trippa senza cacio. Ma se crede così uscire d'obbligo, il signor marchese! Debbono essere affari, debbono essere clienti, quelle trentacinque lire di pranzo ch'egli s'è pappate! Vedremo se è galantuomo, il signor marchese. Frutta, da ieri, non ce ne sono restate?

— No — rispose la moglie.

— Susanna, porta allora le caldarroste — gridò il medico.

Dopo pranzo egli si andò a sedere nel suo scrittoio, aspettando le consultazioni che avrebbero dovuto esserci dall'una alle tre, ma che venivano di rado, una, ogni tre o quattro giorni: per lo più egli apriva un libro di medicina e vi si addormentava sopra, sul seggiolone di pelle nera, coi piedi sotto la scrivania. Checchina era restata a tavola, pensando, rompendo le cortecce vuote delle caldarroste in minuti pezzetti, mentre Susanna sparecchiava. Nella stanza ondeggiava l'odore della cicoria bollita e quello della trippa in umido.

— Per la cena basterà l'arrosto di *abbacchio* e la insalata di patate? — domandò Susanna, tirando a sè la tovaglia e scotendola per farne cadere le molliche di pane.

— Basterà — le rispose Checchina, restando ancora al suo posto, incapace di levarsi su, ripresa da quel letargo della mattina.

— Ho parlato col padre Fileno, stamane, a Sant'Andrea delle Fratte — riprese la serva, familiarizzandosi, in quella benevolenza della digestione. — Quel santo sacerdote si lagna, che lei non ci vada più spesso.

— Potevi dirgli che Toto ci s'inquieta e mi grida.

— Gliel'ho detto che il padrone non ci crede, perchè sa come è fatto dentro l'uomo e perchè vede morire di mala morte tanti cristiani, che Sant'Andrea Avellino, protettore degli agonizzanti, ci scampi e liberi. Ma già questi uomini sono tutti a un modo: stanno bene e si ridono della religione e peccano come tante anime dannate — poi, quando sono ammalati, chiamano Dio e la Madonna... basta, ho detto al padre Fileno che sarei andata oggi a confessarmi. Me le dà due ore di permesso, quando il signore va a Santo Spirito?

— Non potresti andare un altro giorno, venerdì? — fece la padrona, come sbadatamente.

— No, no, gli ho detto che sarei andata oggi. Perchè vorrebbe mandarmici venerdì?

— Va' pure oggi, fa' come vuoi — e si strinse nelle spalle, come una persona che ha fatto tutto quello che poteva.

Dopo, ricucita la piuma sul cappello rotondo, ripose tutti quei cenci, quei pezzetti di nastro, quello scuffiotto di raso nero, con un sospiro. Giammai avrebbe osato chiedere dei quattrini a Toto. Si rassegnava, soffrendo, in silenzio, pur di non udire quella grossa voce che calcolava il valore di un soldo e gliene rinfacciava la spesa, pur di non udire le domande sospettose di Susanna. Ora rifaceva le iniziali rosse agli strofinacci, dove le aveva sbagliate, al mattino. Non poteva pensare a quello che le mancava per essere vestita bene: non voleva pensarci, per non affliggersi più. A che contristarsene? Solo un momento, in due ore, si alzò per vedere quello che faceva suo marito. Dormiva, russava sopra un grosso libro, con la bocca socchiusa e storta, la testa china sopra una spalla, il panciotto sbottonato che lasciava vedere la camicia bianca e la camicia di flanella. In cucina Susanna faceva dei piccoli buchi nella polpa rosea dell'agnello da arrostire, per ficcarvi del rosmarino e del pepe. Poi, alle tre e mezzo Toto si svegliò di pessimo umore, chiese il soprabito pesante, il fazzoletto da collo per quando usciva da quel maledetto ospedale, bestemmiò la professione di medico, chi l'aveva presa e chi la prendeva, e se ne andò, sbattendo la porta. Checchina taceva, come sempre, quando lo udiva gridare. Poi Susanna si mise il vestito di lanetta marrone, color monacale, il velo nero sul capo, lo scialletto nero sulle spalle e venne a salutare la padrona.

— Raccomandami a Dio — le disse costei, sospirando.

— Indegnamente — rispose l'altra, tutta compunta.

Finalmente era sola, per due ore, di poter andare, venire, pensare, libera, almeno in questo. Ora più che mai le bruciava dentro la ferita del non aver vestiti. Quelle principesse che ne cambiavano tre al giorno, le cui cameriere vestivano con maggior eleganza di lei, Checchina! Quelle principesse che certo visitavano, nelle ore dei convegni, l'appartamento del marchese d'Aragona! Ella doveva andarci così, come una stracciona, con quella roba vecchia di cui si vergognava?

Una forte scampanellata la scosse: restò interdetta, non osando aprire, guardandosi intorno, ritta in mezzo alla tela gialla degli strofinacci. Chi poteva essere? Suonarono di nuovo, più forte. Bisognava aprire. Finì col chiedere a voce tremante, di dentro:

— Chi è?

— Amici; apri, Checca, sono io, Isolina.

— Ah! sei tu — disse Checca, come delusa, aprendo.

— Sola, eh? Quanto mi fa piacere! Un bacione, anzi due su questa bella faccia pallida. Che hai, core mio?

— Niente: non ho niente.

— Hai avuto paura che fossero i ladri? Si sentono tanti brutti racconti, che io faccio sempre domandare *chi è*, da Teresa. Già Teresa ha sempre da chiacchierare, fuori la porta: ora con un bimbo, ora con una donna, ora con un vecchio: è una disperazione.

— Come sei bella, oggi, Isolina!

— Non ti pare? — e si levò in piedi, per farsi veder bene.

— Tutto per Giorgio, tutto per quel caro amore mio — riprese, sedendosi.

— Sei ancora da lui, oggi? — chiese l'altra, dopo una esitazione.

— Ancora, sempre che posso, appena ho mezz'ora di libertà, scappo da lui. Oggi, vedi, sapevo che mio marito usciva alle cinque; gli ho scritto, a Giorgio, che sarei andata dalle cinque alle sei. Sai, sono le ore migliori, per gli appuntamenti. Invece quella bestia di mio marito va via alle tre e mezzo e io perdo un'ora e mezzo. Giorgio non andrà a casa sua che alle cinque meno cinque minuti. Ho pensato: ora vado da Checca e sto un po' con lei: mi servirà anche di scusa, se mio marito dovesse domandarmi dove sono stata. Se tu dovessi vederlo, gli dirai che sono stata qui fino alle sei. Tra amiche, sai...

— Glielo dirò — e sorrise lievemente. — Questo cappello è nuovo, nevvero?

— Sì, nuovo: figurati, non l'ho pagato ancora. Ma la Coppi mi conosce, mi aspetterà. Avevo dei quattrini, ma ho dovuto comprare le scarpette.

— Queste qui, lucide, dorate?

— Queste qui, core mio: niente meno costano sedici lire, da Carducci, un orrore di prezzo, ma vedi che tacco alto, che impuntura, che punta sottile!

— Sono bellissime.

— Giorgio adora i piedini ben calzati. Se tu sapessi, come sono strani, gli amanti! Io avevo dei fazzoletti semplici, di tela bianca, con una lettera *I* ricamata, mi restavano del mio corredo. Che! niente affatto, Giorgio vuole che io porti i fazzoletti di batista, con un merletto intorno, come questo.

— È bellissimo.

— Costa cinque lire. Poichè gli piace di fare lo scherzetto, di stringere le mani nel manicotto, ho dovuto comprare questo, per nove lire. Ti piace?

— È bellissimo.

— Non puoi credere, come si spende: è una rovina, ninuccia mia. Faccio una quantità di pasticci, d'imbrogli, di debiti, una cosa da impazzire. Ora, per tutta questa roba che mi serviva, ho pigliato sessanta lire in prestito, da una donna che conosceva Teresa, che dà il denaro a usura. Invece di sessanta, debbo restituirne centoventi, il doppio, a sei lire la settimana. Il brutto è che, se non si paga ogni sabato, quella strega viene, si siede in anticamera e aspetta. Giusto, questa prima settimana non ho avuto da pagare. Che ci è voluto per mandarla via! Ho dovuto pregarla, gridava…

— Povera Isolina!

— Che importa? Per Giorgio farei tutto.

— Dicevi che questa donna presta denari?

— Ti serve, forse? — chiese Isolina, alzandole gli occhi in volo.

— No, no… dicevo per dire.

— Credevo… Ma è difficilissimo averne. Per nulla, minaccia di parlare al marito: una scellerata…

— Per carità! Anche quello spillo è nuovo?

— Sì, l'ho comprato ieri. Ora si usano i ferri di cavallo, sono in gran moda. Le signore lo hanno in brillanti, io l'ho in argento. Non importa, non vorrei avere i brillanti, vorrei almeno avere un orologetto d'oro, uno di quei piccolini, sai, come un medaglioncino. Non puoi credere che è di terribile non aver l'orologio, quando si ha l'amante! Si sbaglia già sempre l'ora. Arrivi, è troppo presto, non vi è: è una morte lenta. Arrivi tardi, è passato un quarto d'ora, per un altro quarto d'ora egli ti porta il broncio, gli uomini si seccano di aspettare. Sei da lui, ogni cinque minuti gli domandi: che ora sarà? Quello s'irrita di questa domanda. A casa ritorni sempre in ritardo, con una cèra sbalordita che è un miracolo non ti tradisca. Dio mio, che farei per avere un orologio! Adesso, per esempio, che ora sarà? Sono o non sono ancora le cinque?

— Io non so: non ce l'ho, io, l'orologio.

— Vedi, non so se andare o no. Basta, cara, è meglio che me ne vada. Vieni da me, poi, un giorno?

— Certo, verrò.

— Fammelo sapere almeno. Ma già, non ci credo. Resti sola, ora, qui?

— Sola.

— E che fai?

— Nulla.

— Buon tempo perduto! Un bacio, cara. Purchè io non incontri nessuno!

Quando fu sola, nell'ombra del crepuscolo, Checchina si mise a piangere. Ella non aveva nè scarpette dorate, nè i fazzoletti di batista, nè il manicotto, nè lo spillo a ferro di cavallo, nè l'orologio. Piangeva, poichè non aveva niuna di queste cose che servono all'amore.

V

Ma nel silenzio delle notti vegliate accanto a Toto che dormiva e russava profondamente, in quelle lunghe ore di lievi e brevi assopimenti, di sussulti nervosi, di intervalli insonni, guardando la striscia di luce che entrava dallo scuretto socchiuso, che Toto lasciava così per potersi svegliare prestissimo, al mattino, talvolta soffocando di caldo sotto la coperta di bambagia tesa come una tavola, talvolta non potendo arrivare a scaldarsi fra quelle glaciali lenzuola di tela, Checchina sentiva crescere in sè, di nuovo, il desiderio, vivo, forte, di andare, quel venerdì, dalle quattro alle sei, in quell'appartamento di via Santi Apostoli. Nella notte, nella solitudine, fissando gli occhi ardenti che l'insonnia spalancava, nelle tenebre, ella si sentiva piena di coraggio. Questo grosso uomo che russava in tutti i toni, e ogni tanto si rivoltava sotto le coperte di un botto solo, come mosso da un saltaleone, non le faceva più paura; per quanto tendesse l'orecchio, non le riusciva udire il respiro di Susanna che dormiva in uno stambugio, accanto alla cucina. I suoi due nemici non le parevano più terribili. Andare, sì, doveva andare, poichè aveva detto sì, quella sera, quando egli l'aveva baciata. Infine che ci voleva dal Bufalo sino a via Santi Apostoli? Ci vorranno forse dieci minuti, a piedi. No, più, ce ne vorranno dodici. Dal Bufalo a Santi Apostoli si fa una via scorciatoia, tutta a tratti brevi: si sale pel Nazzareno, si discende per via della Stamperia, si passa accanto alla fontana di Trevi, s'infila il vicoletto di San Vincenzo e Anastasio, poi un pezzetto dell'Umiltà l'Archetto, e si è subito a Santi Apostoli. Un quarto di ora, forse, ci si metterà, andando piano per non dare nell'occhio. A fare il giro lungo, per il Pozzetto, per il Corso, per san Marcello, ci sarebbe voluto mezz'ora; tanta gente è sempre per il Corso, che vi urta, che vi ferma, che vi fa inciampare, che vi fa ritardare. Meglio andare per le strade interne. E con la lucidità di visione dei cervelli che la veglia notturna esalta, ella si vedeva partire di casa, alle quattro, sorridendo un poco per la burletta che faceva a Toto e a Susanna, la serva che si vantava di essere tanto furba, camminando piano, piano, guardando le botteghe, il dolciere Pesoli in via della Stamperia, il cartolaio sulla piazza di Trevi, le colombelle che svolazzano, alte, sulla fontana; si vedeva camminare più presto, dopo, poichè era già lontana di casa sua; si vedeva scantonare in via Santi Apostoli, guardando distrattamente i numeri delle case; si vedeva entrare in casa di lui, che l'aspettava… qui tutti i suoi nervi tremavano in una vibrazione, ed ella nascondeva la faccia nel cuscino.

Sì, tutto le pareva facile, tutto le pareva semplice, tutto le pareva vicino, possibile, nella notte che eccita le forze dei temperamenti flemmatici. Progettava: domani faccio una grande scena a Toto e gli cavo dei quattrini, compro almeno dei guanti, gli stivalini, il manicotto. Oppure, domani vado da Isolina, mi faccio accompagnare dalla Coppi, che mi fa credito, e compro un cappellino; poi, quando sarà a pagare, per forza, Toto strillerà, ma dovrà cavare i quattrini. Oppure: domani vado da Isolina, me le butto nelle braccia, le racconto tutto, e la prego di chiedere per me quattrini a quella donna che ne presta; poi, in qualche modo, penserò a pagare. Oppure: se per un giorno Isolina fosse tanto buona da prestarmi la roba sua? È vero, sono più grassa di lei, ma le spalle hanno la stessa misura e basterà slargare l'abito alla cintura e sui fianchi: il piede lo abbiamo lo stesso, mi pare, forse è un po' più piccolo il mio, ma le sue scarpette mi vanno, le sono tante assestate! Domani, domani ci vado e le dico tutto. Le pareva di avere una forza nuova che non aveva mai sentito in sè, un coraggio grande, un'audacia che fa superare allegramente qualunque ostacolo, una volontà così ferma che nulla poteva vincerla o spezzarla. Rideva di orgoglio, nella notte, sollevando le spalle, come se volesse provarsi ad alzare un peso immenso, per giuoco, per provare le sue forze. Poi, dopo aver rifatto venti volte, ampliandolo, lo stesso progetto, vedendolo tutto aggiustato, tutto pronto, tutto bello, ella arrivava sempre all'estremo del suo sogno, a quell'arrivo in quella casa, da lui che l'aspettava… e tutto s'inabissava in una confusione di fantasie sognanti le sensazioni della mitezza ombrosa, della mollezza calda, del silenzio profondo, della carezza voluttuosa delle cose ricche e belle.

Ma l'alba la buttava in un sonno plumbeo, da cui invano, per mezza ora, tentavano di destarla gli strilli e i borbottamenti di Toto. Si levava spossata, con la bocca amara e pastosa, esaurita dall'insonnia. Ogni mattina Toto gliene inventava una.

— Sarà stata la braciola di maiale che t'ha fatto male, Checca mia.

— Se ti senti male, perchè non prendi il citrato di magnesia effervescente? È una bibita piacevole e ti spazza lo stomaco come una scopa.

— Checca mia, più ti guardo e più mi pare che tu debba avere della coprostasi: perchè non ti decidi addirittura per un po' d'olio di mandorle? Fresco spremuto, da Garneri, è una bellezza.

— Sì, sì, lo prenderò — mormorava lei, chinando il capo.

Così dal mattino, lentamente, svaniva la sua volontà, la sua forza, il suo coraggio. Invano tentava di ritrovare l'audacia delle veglie notturne. L'idea di chiedere denaro a Toto le era insopportabile, non avrebbe saputo donde cominciare ed egli avrebbe finito col non darle un soldo; cercava di rianimarsi, di mettersi su, per parlare, ma le parole le morivano sulle labbra, lo lasciava uscire senza dirgli nulla. Susanna le pareva l'altro ostacolo insormontabile, era sicura di non poterla ingannare, quella serva diffidente, sospettosa, dallo sguardo scrutinatore di beghina. Per Isolina, le veniva una vergogna grande di quella confessione, non per altro, perchè le pareva brutto narrare la sua miseria, la sua inabilità, la sua inesperienza. Come avrebbe avuto il coraggio di presentarsi dalla Coppi per avere il cappellino di velluto? E se quella glielo rifiutava? sarebbe stata una mortificazione da non potersi sopportare. Nella sua vita, non aveva mai piantato debiti dalla modista o dalla sarta, con lo istintivo orrore del debito che è in tutte le tranquille coscienze borghesi. E quell'altra donna, l'usuraia, Isolina glielo aveva detto, era una strega, non si poteva combinare nulla con lei. Non vi era da fare nulla, nulla. Mentre macchinalmente levava la polvere, in salotto, dal servizio di tazze, dalle bomboniere e dal piattino di frutta artificiali, mentre aiutava Susanna a pulire i broccoli per la minestra, mentre rimetteva la pedana di mussola a una sottana tutta sfilacciata sull'orlo, mentre versava l'acqua calda sul marmo della *toilette* e vi strisciava su un pezzo di potassa per cavarne le macchie, ella demoliva, in sè, silenziosamente, tutti i progetti della notte. Le parevano un sogno, una pazzia. Financo l'itinerario così semplice, di notte, le sembrava, di giorno, tutta una confusione, un imbroglio; ella avrebbe certo smarrita la via. Quando veniva la sera, tutto era crollato, tutto era caduto, in polvere, scomparso; ella non aveva osato pronunziare una parola, fare un atto, nulla, nulla che la riavvicinasse ai suoi progetti. Ed era anche sicura, quel giorno, di perdersi per la strada. Sentiva, alla fine della giornata, acutamente il dolore della propria inerzia, sentiva tutta l'amarezza di una disfatta ingloriosa, in una battaglia dove ella non aveva avuto il coraggio nè di attaccare, nè di difendersi. Dentro di sè, si lamentava ingenuamente dei fatti che accadevano, delle cose che la circondavano, delle persone fra cui viveva, di sè stessa che non sapeva far nulla, che era impotente a tutto.

In questo stato di cose, con l'esaltamento della fantasia nella notte, con l'assoluta mancanza di volontà nel giorno, venne il venerdì mattina. Ella non aveva deciso niente. Alle quattro doveva andare, poichè gli aveva detto di sì, quando egli l'aveva baciata. Come, in che modo non sapeva. Quella mattina, più che mai, Toto le parve strillone, collerico, taccagno: voleva lasciare due lire e cinquanta per la spesa, con la scusa che non aveva altri spiccioli. Quando Susanna ricordò al padrone che, essendo venerdì, doveva lasciare altri venticinque soldi per la lavandaia che avrebbe portato i panni dal bucato, ne venne una lite, fra la serva e il padrone. Toto era seccato, era seccato, capite, di queste continue spese straordinarie, ogni giorno una cosa nuova; bisognava chiedere il permesso alla signora del terzo piano di sciorinare la biancheria sul terrazzo, già vi era la fontana, si poteva da ora innanzi lavare in casa. Susanna rispondeva che non ci era avvezza a stare una giornata con le mani nell'acqua, e che, per otto lire il mese, anche troppo ci rimetteva la salute.

— Otto lire, col trattamento — gridava continuamente Toto.

— Bel trattamento!

Quando se ne fu andato, dopo aver cavato a uno a uno i venticinque soldi, Susanna soggiunse, a conclusione:

— Oggi, venerdì, tredici: sta Cristo morto, per terra, per i peccati nostri.

Checchina, che non aveva aperto bocca, trasalì. Anche la data, a cui non aveva pensato, una data fatale, una combinazione strana di numero e di giornata. Una paura dell'ignoto le nasceva dentro, questo appuntamento giusto di venerdì nel giorno tredici, quando il proverbio dice che non si sposa e non si parte, e la religione stabilisce il venerdì come giorno lugubre, in memoria della morte del Redentore. Andò in cucina, gironzò un momento:

— Brutta giornata, oggi — disse.

— Dio ne scampi dalla tentazione — rispose la serva. — Se dicessimo il piccolo rosario delle anime del Purgatorio, quello a tre decine di avemmarie, col *requiem aeternam* invece del *Gloria Patri*?

— Diciamolo pure.

Allora, mentre Susanna versava in un piatto le lenticchie per la zuppa e vi soffiava dentro, scotendole, per farne andar via la polvere, e poi le scostava col dito, per toglierne i sassolini, le pagliuchelle — mentre Checchina metteva un mucchietto di bicarbonato in un pezzetto di tela, ne faceva un batuffoletto annodato col filo, per metterlo a bollire con le lenticchie, perchè cocessero più presto, le due voci si elevarono monotone, senza intonazioni speciali, senza inflessioni, nell'abitudine della preghiera, nella indifferenza della preghiera quotidiana. Alla fine Checchina dètte in un sospiro di sollievo, quasi che quel senso di paura superstiziosa si fosse dileguato. Cristo doveva essere placato, in quel giorno fatale, poichè gli avevano detto il rosario: Cristo doveva aiutarla in tutto quel venerdì, in quello che essa desiderava. Da questo interno convincimento ella trasse un po' di coraggio, per dire a Susanna:

— Puliscili tu, oggi, i lumi, fammi il piacere.

Le faceva schifo, ora, toccare quel cencio sporco e passare mezz'ora a rigirare lo spazzolino rotondo dentro il tubo. Susanna acconsentì, senza dire nulla. Allora Checchina, in sè, discoraggiata, così, come se parlasse fra sè:

— Voglio andare da Isolina, oggi. È venuta tre o quattro volte, da me.

L'altra non rispose, occupata a risciacquare certe stoviglie.

— Ci potrei andare quando Toto va a Santo Spirito, per la visita della sera... verso le quattro.

— Fossi in lei, veda, non ci andrei — disse la serva, rivoltandosi, improvvisamente.

— E perchè?

— Perchè quella lì, tutti lo sanno, è una gran peccatrice avanti a Dio e avanti agli uomini.

— Ma no... povera Isolina...

— Sì, povera Isolina! Bella povertà, che sta dalla mattina alla sera immersa nel peccato! Come se non si sapessero tutti gli orrori che commette! Solo quel babbeo del marito non sa niente: ma ci dovrebbe essere un'anima cristiana che lo avvisasse.

Checchina guardò la serva, con aria spaventata.

— Mi ha fatto tre o quattro visite — ripetè poi, ostinandosi — dovrei fargliene una oggi.

— Eh, ci vada pure, poichè le fa tanto piacere. Scommetto che se se ne confessa a padre Fileno, dell'amicizia che ha con la signora Isolina, il padre gliela proibisce, sotto pena di non darle l'assoluzione.

— Per oggi solo... — disse l'altra, transigendo.

Nel dopopranzo, vi fu un avvenimento. — Venne un cliente, un provinciale febbricitante, lo mandava il marchese di Aragona. Toto si dètte da fare, chiuse la porta dello studio, lo interrogò lungamente, gli scrisse una lunga ricetta, lo trattenne per un'ora. Checchina passeggiava su e giù, morendo d'impazienza. Il provinciale lasciò cinque lire, un prezzo insperato pel dottor Primicerio, a cui davano ordinariamente due lire. Toto venne fuori, entusiasmato, con quella carta sudicia di cinque lire.

— E una, Checca mia! Questo marchese è una gran brava persona: vedrai, vedrai, ne verranno degli altri, di clienti e di carte da cinque. Lo diceva io, questi nobili, sono incapaci di tenersi una gentilezza. Sono le tre, è meglio che mi vesta, per andare all'ospedale. Vedi, ci sono delle soddisfazioni a fare il medico.

Mentre egli si spogliava per rivestirsi, ella lo seguiva passo passo, come per aiutarlo.

— Sei contenta, Checca?

— Contenta.

— Cercherò di vederlo, questo marchese, per ringraziarlo. Chissà dove abita! Infine è un galantuomo. Non ti pare?

— Mi pare.

— Se lo vedo, gli dico di ritornare, qui, a trovarci, qualche sera, dopo cena.

— Diglielo pure.

Il dottore se ne andò, fischiando un'arietta, tutto felice della professione che aveva presa, compatendo tutti gli altri infelici, avvocati, ingegneri, professori. Allora Checchina cavò fuori il vestito *foglia morta*, il cappellino, il mantello, i guanti, prese un fazzoletto pulito, di tela, e adagiò tutto sul letto. Dal mattino Susanna l'aveva pettinata, ella ripassò il pettine nei capelli, per lisciarli un poco, non volle richiamarla per farsi pettinare di nuovo, non ne ebbe il coraggio. Poi cominciò a vestirsi lentamente, guardandosi molto nello specchio, scoprendo che aveva tre macchie di lentiggini sotto l'occhio sinistro: ma a una certa distanza non si vedevano. Ella detestava tutta quella brutta roba che si metteva addosso: il busto dell'abito, ecco, slargava troppo alla cintura e serrava sul petto da soffocarla. Non se ne era mai accorta, oggi se ne accorgeva. Un guanto era scucito, perdè del tempo a ricucirlo e non aveva filo nero; lo ricucì col filo grigio, non ci sembrava troppo, poteva andare. Provò due o tre volte il cappello, per dargli un'inclinazione diversa, ma finì col metterlo come lo metteva sempre. Si guardò un'ultima volta nello specchio e le parve di fare una figura molto meschina, molto miserabile: ma, oramai, che poteva farci più? Lentamente si avviò, stretta nel mantello: entrò in cucina.

— Esce? — domandò la serva.

— Vado da Isolina.

— Piove — disse l'altra, bruscamente.

— Come, piove?

— Non se n'era accorta? Piove da mezz'ora.

Checchina andò alla finestra della stanza da pranzo: il cortile era tutto bagnato. Ma potevano essere anche le fontane: andò alla finestra del salotto, l'unica che dava sulla via. Pioveva proprio, fino fino, senza scroscio, ma continuamente. Ella aprì i cristalli, mise una mano fuori, come se non credesse ai suoi occhi: il guanto si picchiettò di goccioline di acqua. Sedette un momento, quasi le mancassero le forze. Poi si alzò:

— Piglierò l'ombrello — disse alla serva.

E ambedue lo cercarono da per tutto quest'ombrello, l'unico di casa, uno di quelli da sei lire e cinquanta.

— Stava dietro l'armadio — continuava a ripetere Checchina, come un pappagallo.

— Stava, stava, ma non ci è.

E frugavano ancora, guardando in ogni posto, anche dove non poteva stare, sotto il letto, dentro la credenza, nel cassetto dell'armadio. Niente, non vi era.

— Guardiamo bene — diceva ella ancora, ostinata.

— È inutile guardare, non vi è. Lo avrà preso il signore, vedendo che voleva piovere. Se ne rammenta lei, se il signore l'avesse messo sotto il braccio, l'ombrello?

— Non me ne rammento, non ho guardato.

— Bè, lo avrà preso lui, è inutile perdere la testa più.

E se ne tornò in cucina. Pure, con la cocciutaggine nervosa di chi vuol ritrovare a ogni costo un oggetto perduto, Checchina cercò ancora, rivolgendo certe occhiate smarrite a tutti gli angoli dove l'ombrello poteva essere. Niente, niente. Ritornò alla finestra; pioveva più forte, ora, la fontanella che sta all'angolo del Pozzetto rigurgitava di acqua, passavano certe cappe di ombrelli lucide di pioggia, sotto cui si movevano certe gambe dai calzoni arrovesciati e dalle scarpe infangate. Pioveva: non si poteva uscire, senza l'ombrello. Per prendere una carrozza ci sarebbero voluti sedici soldi e forse una lira, perchè, di questi tempi cattivi, i cocchieri romani sono tanti ladri. Pioveva sempre e i vetri si appannavano, ella non vedeva più chi passava per la via.

— Maddalena ce lo avrà un ombrello da prestarmi? — chiese alla serva, rientrando in cucina.

— Maddalena? Ce lo avrà di certo: ma io non glielo chiedo. Sono due giorni che quella brutta strega non mi saluta, quando passo.

Checchina voltò le spalle, senza dire altro, aprì la porta e discese le scale, come un automa. In verità le salivano le lagrime agli occhi per l'umiliazione, ma cercava di non piangere.

— Maddalena mia, io ho da uscire, per vedere un'amica, la signora Isolina, per un affare; piove, e Toto s'è portato l'ombrello. Per favore, me lo prestereste l'ombrello vostro?

— Con tutto il cuore e che le pare, signora mia! Si trattasse di quella beghina falsa di Susanna, direi di no, chè quella non darebbe un sorso di acqua a un moribondo. Ma per voi, cara signora mia! La disgrazia, vedete, è che non ce l'ho, chè mio marito se l'è portato via da stamane e io avevo da andare ai Coronari e nemmanco ci son potuta andare. Se aspettate che torni, all'Avemmaria…

— Grazie, Maddalena, non importa.

— Poco ci può mancare, una mezz'oretta.

— Non importa, non importa…

— Che vi ho da fare, signora mia, la buona intenzione ce l'ho…

Checchina dette un'occhiata sulla via. Pioveva sempre, ma meno di prima. Se ne risalì sopra pian piano, decisa ad aspettare che cessasse di piovere. Infine, non doveva esser molto tardi: egli aveva detto dalle quattro alle sei. Ma non aveva l'orologio. Dietro i vetri, ritta, compresa da quella umidità crepuscolare, guardava dirimpetto, nel vano nero di una finestra, se le goccie di pioggia si diradassero. Non aveva idea più dell'ora, niente. Fino a che, a poco a poco, cessò di piovere e ella si avviò. Alla porta sonarono:

— È la lavandaia — disse Susanna.

— Ora ho da uscire — rispose Checchina.

— E che ci vuole, a legger la lista? Quella non se ne va e lo sapete, che io non so leggere.

Ma la cosa tirò in lungo. La lavandaia cominciò a lamentarsi del cattivo tempo che non le permetteva di far asciugare i panni, a scuotersi l'abito che era tutto bagnato. Checchina, ritta, presso la tavola da pranzo, sfogliava con le dita tremanti il quaderno delle liste, non trovando la giornata, mentre la lavandaia faceva dei gruppi separati, un gruppo le lenzuola, un altro le camicie, un altro i tovaglioli, un fascio i fazzoletti e le calze. Cominciarono a verificare, ma la lista non combinava. Checchina aveva sbagliato il foglio, era una vecchia lista, bisognò ricominciare dal principio. In ultimo, risultò che mancava un lenzuolo e che un fazzoletto era stato scambiato. Qui la lite fu tra Susanna e la lavandaia, poichè questa diceva che il lenzuolo non lo aveva avuto mai, e Susanna sosteneva di averglielo consegnato, con le proprie mani.

— Ci è scritto? — domandava, gridando alla padrona, la serva.

— Ci è scritto — rispondeva Checchina macchinalmente.

— Ebbene, ci deve essere.

La lavandaia scoteva il capo, poco convinta. Essa non perdeva mai niente, non aveva che quattro famiglie, tutti erano sempre soddisfatti della sua esattezza, aveva consegnato le tre altre partite, non vi era nulla di soverchio.

— Guardate bene nell'armadio, il lenzuolo ci sarà, io non l'ho avuto — continuava.

Finalmente, guardando bene, il lenzuolo fu trovato, arrotolato nella coperta bigia da stirare.

— Come è che lo ha scritto? — chiese la serva, mortificata, alla padrona.

— Non so.

Poi venne la questione del fazzoletto scambiato, Checchina non aveva mai avuto fazzoletti con la lettera *R*, diceva Susanna. Ci volle del bello e del buono per convincere la lavandaia a riprendersi il fazzoletto, per cercare se fosse di qualcun altro, a cui avesse dato quello della signora. Essa non perdeva mai nulla, s'era visto col lenzuolo che, poi, dopo tante liti, era in casa: anche questo fazzoletto scambiato doveva essere un errore. Infine lo portava via, avrebbe visto, non era punto sicura, avrebbe riportato indietro quello, che non era mica cattivo, tutto di tela e grande. Al momento dei soldi, fu il difficile: la lista era di trentadue e Susanna non ne aveva che venticinque. La lavandaia li voleva tutti, naturalmente; aveva da comprare il sapone, lei, ed era una pietà dover lavare d'inverno, nell'acqua gelata. Checchina stava a sentire, senza intervenire, immobile, l'occhio distratto, calcolando mentalmente che ora potesse essere. Tanto che, quando finalmente la lavandaia fu andata via, borbottando ancora, Susanna si lagnò con la padrona, che la lasciava sempre sola nelle questioni, a combattere per gl'interessi di casa, che finalmente a lei, Susanna, non gliene avrebbe dovuto importare niente, che tanto nessuno gliene teneva conto, neppure il signor padrone, quello là meno di tutti, poi. Checchina, senza darle retta, andò a vedere se piovesse. Non pioveva, ma era già scuro, accendevano i lampioni. Esitò un istante, poi si decise. Non doveva essere tanto tardi, d'inverno le giornate sono così brevi! Poteva andare ancora.

— Va sola? — chiese Susanna.

— Sola.

— A quest'ora?

— Non è tardi.

— Non sarà tardi, ma è scuro.

— Che fa? È tanto vicina, Propaganda!

— Scusi, ma non conviene proprio a una donna onesta camminare sola, a quest'ora. Girano tanti malintenzionati! E poi, è proprio l'ora per essere presa per una di quelle.

— Quando una va per la sua via, non le accade niente.

— Lo so, ma se il dottore sa che lei è uscita sola, a quest'ora, va sicuramente in collera e se la piglierà con me, che non dovevo lasciarla andar via così.

— Avevo promesso a Isolina…

— Bè, facciamo così, ora mi vesto in un minuto e ce l'accompagno io, dalla signora Isolina. In due non ci diranno niente, eppoi, so rispondere io, agli sfacciati.

— E in cucina chi ci baderà?

— È tutto pronto, copro il fuoco con la cenere e sono da lei. Aspetterò in anticamera, che lei abbia fatto la sua visita; mi dirò un altro rosario, per non parlare con quella sciagurata di Teresa, che non è altro, che la Madonna le tenga la mano sul capo.

Checchina, perduta, si sedette nella stanza da pranzo, senza saper che cosa fare. Udiva Susanna che si moveva nello stambugio, urtando alle pareti, per far presto, indossando il vestito di lanetta. Non era più possibile impedire a Susanna di accompagnarla. Ora, doveva andare da Isolina, sino a Propaganda: e restar lì a far la visita. Era stata presa, non era possibile liberarsi di Susanna. Uscirono, tirandosi dietro la porta: Checchina camminava fiaccamente, come se il terreno fangoso la trattenesse. Davanti alla chiesa di Sant'Andrea delle Fratte, Susanna si segnò. Isolina non vi era. Checchina respirò.

— Meglio così — mormorò la serva. — Andiamocene.

Se ne tornarono, sempre in silenzio. Al portone Maddalena fermò Checchina:

— Se lo voleva l'ombrello, Nino era tornato dalla fabbrica…

— Non serve più, grazie — rispose Checchina, con molta dolcezza.

— Tanto, su da lei, è tornato anche il signore.

— Ah! — fece l'altra, semplicemente.

Nè salì più in fretta. Toto era rientrato, aprendo l'uscio con la sua chiave e si cambiava le scarpe.

— Sei uscita con questo tempo, Checca?

— Non pioveva, quando sono uscita.

— Dove sei stata?

— Da Isolina.

— E che fa?

— Niente: non vi era.

— Ci potrai tornare.

— Già.

— Io sono stato all'ospedale: poco da fare, una lussazione, una gamba rotta, null'altro. Ne ho profittato per andare sino al *Caffè di Roma*, sai, al Corso, per vedere, se ci fosse il marchese d'Aragona…

— Con la pioggia sei andato?

— Avevo l'ombrello. M'ero ricordato che il marchese d'Aragona mi aveva detto che pranzava qualche volta a quel caffè. Ho preso un caffè: accidenti, costa cinque soldi e uno di mancia al cameriere, che ha anche fatto il muso storto. Non l'ho trovato il marchese…

Seguì un silenzio, ella si svestiva lentamente, riponendo man mano la sua roba. Quando fu ad abbottonarsi la giacchetta di casa domandò:

— Che ore sono, Toto?

— Le sei.

Ella voltò, per un istante, la faccia verso la parete.

VI.

Susanna cavava la roba che aveva comprato pel pranzo, dal grande fazzoletto di cotone rosso, e andava dicendo:

— Questi sono i cannelloni fatti a mano, due libbre, come mi avete detto; queste sono le sardelle da cucinarsi in tegame con olio, mollica di pane e origano: si vendevano a sedici soldi il chilo, ho dovuto gridare per averle a quattordici; questo è un fascetto di pomidoro, per la salsa dei cannelloni…

— E questo, che è? — chiese Checchina, che guardava e ascoltava ancora spettinata, tanto pallida che pareva gialla.

Allora Susanna tirò fuori qualche cosa di bianco, una carta, una lettera che si era bagnata e macchiata di sugo rosso, stando tra il fascio di pomidoro a fiaschetti e un mazzetto di agli.

— È una lettera — disse la serva; — me l'ha data il postino per lei.

Sulla busta di carta inglese diceva: Signora Fanny Primicerio; giusto una macchia era sul nome e l'aveva insudiciato. Dentro, diceva: "Quanto siete stata crudele, oggi! che vi avevo fatto per farmi soffrir tanto? Vi ho aspettato dalle tre alle sette, spasimando. Verrete domani? Siate buona con me infelice. Mi avevate promesso di venire; venite. Vi aspetterò di nuovo, solo, bella creatura destinata all'amore, invocandovi col desiderio. Oh, non mancate, ve ne scongiuro, in ginocchio — Ugo di Aragona."

D'un tratto, dopo la lettura, a Checchina parve di vederselo inginocchiato innanzi, il bel marchese d'Aragona, in quella cucina umida e buia; e cominciò a tremare tutta e tutto le girò intorno, vorticosamente, la casseruola sul focolare, la graticola sospesa al muro, i ferri da stirare poggiati sull'orlo della cappa del camino, — e il rumore della fontanella che sgorgava nello sciacquatoio, le parve una tempesta.

— Ora casco a terra — pensò tra sè e si appoggiò alla tavola.

— Ha freddo? — disse la serva, sentendola battere i denti.

— Sì, ho freddo — mormorò la padrona, ficcandosi la lettera in tasca, istintivamente.

— Fuori non ne fa tanto, è scirocco. Fosse per caso pena di stomaco? Vuole che le frigga due sardelle, così, alla lesta?

— No, no — e se ne andò lentamente in camera sua, tenendo sempre la mano in tasca, sulla lettera. Ma per lungo tempo non osò rileggerla, temendo che sopravvenisse Susanna e la sorprendesse. La serva scopava nella sala da pranzo e Checchina aveva paura financo che ella si accorgesse dello scricchiolìo della carta. Poi, ebbe una idea: prese il libro delle orazioni, vi mise la lettera, voltò due o tre foglietti, poi aprì la lettera e la lesse, come se leggesse una pagina di preghiera. Oh quella bella lettera, con quella corona di marchese, semplice semplice, scritta con quel caratterino così sottile, così signorile, con l'inchiostro azzurro asciugato dall'arena di oro! Le parole si allungavano languidamente, voluttuosamente, tenendosi per mano, legate da certe lineette esili esili; e sotto la grande firma, chiara e larga, come sonante e squillante. Due o tre volte ella ripetè sotto voce: Ugo di Aragona. Poi, da quello che egli diceva nella lettera, le pareva partisse una musica dolorosa, che la faceva struggere di compassione, come per una grande sventura che gli fosse accaduta. Le pareva di udirle da lui quelle malinconiche parole, pronunziate con una mestizia nella voce: le salivano le lagrime agli occhi. Poi l'impressione si calmò, — e le rimase in mente solo la cifra: egli aveva aspettato dalle tre alle sette.

Mentre la pettinava, Susanna, contro il suo solito, tacque, e Checchina ebbe paura di quel broncio. Che poteva essere?

— Mi ha scritto Isolina… — insinuò, senza far mostra di nulla.

Susanna non rispose.

— Per dirmi che ieri non vi era, a causa di una sua zia che era ammalata.

E respirò, dopo la complicata bugia:

— Sarà stata una zia maschio — borbottò la pinzocchera.

Ma non smise il broncio: invano Checchina le gironzò intorno, presa da un'inquietudine che sino allora non aveva mai provata. Susanna non aveva voglia di discorrere. Poi l'inquietudine di Checchina crebbe: se la beghina parlava della lettera a Toto, come avrebbe fatto ella? E stringeva la lettera in tasca, fra le dita, convulsamente, come se avesse voluto stritolarla: ma di stracciarla non aveva il coraggio. La lesse una terza volta, aprendola in un cassetto del cassettone, sopra un mucchio di tovaglioli: voleva impararla a mente e poi lacerarla, ma ci si confondeva, le frasi si arruffavano nel cervello. Pensò un momento di nasconderla in qualche posto, ma dove? Del cassettone e dell'armadio, Toto le chiedeva ogni momento le chiavi per prendere qualche cosa; la tavola da pranzo aveva i cassetti col pomo di legno, senza serratura, e il tavolino da giuoco, nel salotto, non aveva cassetti. Era inutile, era meglio tenerla in tasca, stava più al sicuro: ma a pranzo, per la inquietudine crescente, visto che Susanna conservava quel suo viso incollerito e quel silenzio dispettoso, Checchina non mangiò che pochissimo. Ogni tanto, nervosa, metteva la mano in tasca a tastare se vi era la carta, e non cavò mai il fazzoletto, per timore di trarla fuori inavvertitamente. Ma la serva non parlò e Toto non litigò, per miracolo. Era stanco come un facchino che avesse alzato delle balle sul molo, e dopo pranzo si addormentò subito, sul letto, bell'e vestito, avvolto nel vecchio scialle, russando come un mantice. Dovettero chiamarlo quattro volte, alle tre e mezzo — e borbottava, raschiando, sputando, che aveva la bocca avvelenata e il mal di capo.

— Ci vai da Isolina, oggi, di nuovo?

— Sì — disse lei, decisamente.

Ma partito il marito, mentre si vestiva, Checchina s'impensieriva ancora di Susanna. Che avesse sospettato qualche cosa? Non ci mancava che questa. Ella si fermava, abbottonandosi il vestito, presa da una fiacchezza, da una sfiducia: poi la musica triste che era nelle parole scritte dal marchese, le toccava certe fibre del cuore per cui trasaliva e si sbrigava a vestirsi.

— A rivederci, Susanna.

— A rivederla — disse l'altra, duramente.

E non aggiunse, *Dio l'accompagni,* come faceva sempre. Checchina era di nuovo spaventata nelle scale, ma la luce, la via libera l'incoraggiarono e se ne salì per il Nazzareno, adagio adagio: era presto, non doveva arrivare tanto presto. Ma quando fu innanzi al cartolaio di piazza Trevi, si agghiacciò dallo spavento. Aveva lasciata la lettera del marchese di Aragona nella tasca del vestito di casa — e Susanna sapeva leggere anche il manoscritto. Si frugò in tasca, macchinalmente, due o tre volte, pregando fra sè il Signore che gliela facesse ritrovare, come se ancora un miracolo potesse accadere. E cercando sempre, ritornava verso casa, dicendo tra sè:

— Madonna mia, fate che non l'abbia letta! Madonna mia, aiutatemi voi!

Le parve un secolo per tornare. E pregava in sè.

— Apri, Susanna, sono io!

— Ah, è lei — disse quella, seccamente.

Giusto, per una fatalità, aveva sul braccio il vestito da casa. Checchina si fermò, interdetta.

— Ero tornata — disse poi, subito — perchè ho dimenticato la lettera di Isolina, vi era una cosa importante da farmi spiegare: è in tasca la lettera?

Susanna le tese la gonnella:

— La spazzolavo — disse.

Checchina riprese la lettera senza aprirla e se ne andò, pensando: l'avrà letta, non l'avrà letta? Nella via, mentre voltava di nuovo pel Nazzareno, guardò la finestra di casa: Susanna vi era affacciata e la guardava.

— Oh Dio! — pensò Checchina — ora ha visto che non ho voltato per S. Andrea.

Ma tirò innanzi, incapace di far altro, paralizzata nella sua volontà dall'idea che Susanna avesse letto la lettera. A san Vincenzo, un signore la fermò:

— Oh sora Checca, ben trovata, dove va?

Era Alessandro Pontacchini, un amico di casa, che teneva un botteghino di sali e tabacchi.

— Vado qui, sor Sandro — disse lei, tutta scossa da quell'arresto improvviso — qui... per un affare...

— Ci ha degli affari, lei, sora Checca? Lo dirò al sor Toto, sa, che stia attento — disse l'altro, con la sua grossa malizia romanesca.

Ella sorrise debolmente.

— Dalla tintora — spiegò poi — dalla tintora in via S. Marcello, per un vestito...

— Sempre esatta, sempre brava, la sora Checca: eh! di queste donne qui ce ne son poche! E per questo ci rinunzio, io, al matrimonio. Quando ci ho pensato era troppo tardi, sora Checca mia, e il sor Toto era arrivato prima di me — e rise.

Ella restava tutta confusa, senza rispondere.

— Una di queste sere, quando posso lasciar solo Cencio, il mio nipote, a magazzino, vengo da loro a far quattro ciarle. Io metto le caldarroste e lei il vinello bianco, sora Checca. Ci sta?

— Ci sto.

— Lo dica a Toto, a quel fortunato birbone e me lo saluti tanto.

Ella riprese la strada, sempre più agitata. Adesso anche il sor Sandro che sarebbe venuto, che avrebbe detto, che avrebbe raccontato, che avrebbe scherzato di nuovo — e Susanna, a casa, che aveva forse letta la lettera e che dalla finestra l'aveva vista voltare per il Nazzareno, invece che per S. Andrea. E chissà per le vie, quante persone che conosceva l'avevano incontrata e notata ed ella non se n'era accorta! E se quel collega di Toto, di Santo Spirito, l'aveva vista e glielo andava a dire, subito, all'ospedale, e Toto, messo in sospetto, usciva e andava da Isolina e non vi trovava lei, Checchina? E non trovandola lì, andava a casa e Susanna gli narrava tutto, dalla lettera a quel ritorno, a quella nuova uscita, alla combinazione di quelle strade. Eppure camminava, camminava ancora, senza veder più nessuno.

— Dove vai? — disse una nota voce.

Era Isolina: stava fermata presso la birraria del teatro Quirino, appoggiata alla balaustrata di legno, vestita male, con un cappello vecchio e coi guanti ricuciti.

— Dove vai, cara Checchina?

— Venivo da te... — balbettò Checchina, non sapendo più che cosa dire, perduta per quest'altro incontro.

— Da me? da questa parte? Come ti viene in mente? E che hai, bella mia? Ti senti male, forse?

Presala per mano, la trascinò in quel grande palazzo di Sciarra, nel portone dove ancora si costruiva, dove andavano e venivano i muratori, fra i mucchi di calcinacci e le travi che sbarravano il passo.

— Non ho nulla, non ho nulla — rispose Checchina, cercando di riaversi — ma da qualche giorno patisco di sturbi, non so perchè.....

— Sarai gravida forse, Checca mia.

— Ma che! Non so che cosa sia... mi piglia ogni tanto.

— O nina mia cara cara, io dovrei starmene in letto, tanto mi sento male. Che vitaccia da cani è mai questa! quanti dispiaceri abbiamo da inghiottire! Se sapessi, se sapessi… quell'infame di Giorgio, l'amore mio, che mi sta facendo…

— Che ti sta facendo?

— Cose incredibili, Checca mia, da farmi piangere tutte le lagrime che ho in corpo. Nientemeno che io so, sicuramente, che egli fa la corte qui a una di queste *chellerine*, queste giovani della birraria, una bruna, ed è qui ogni sera, a bever birra, a bever poncini e a dar un franco di mancia, capisci, per ingraziarsela, una porcheria, una sudiceria da non credersi!

— Ma sarà vero?

— Come? Se chi me lo ha detto non può mentire, è tanto un bravo e simpatico giovane, uno studente di letteratura, che fa anche dei versi e li pubblica sopra un giornaletto della domenica e abita accanto a noi; è così buono, viene qui la sera, per fare degli studi che metterà poi nei suoi libri e mi ha detto l'infamia di Giorgio…

— Ci hai creduto?

— Vorrei non crederci, gioia mia, ma quel Giorgio è stato sempre un grande ingrato! Già, si dice, volubile come un ufficiale. Ora, oggi, per dispetto, non ci vado e sono passata qui innanzi, per vedere se posso distinguerla, questa *chellerina*, già sarà tutta dipinta, me lo immagino. Non ho potuto veder niente; è troppo lontano e i cristalli fanno un riflesso. Ma qui fa freddo, qui dentro. Andiamo, ti accompagno, ti racconterò il resto per la strada.

— No — disse Checchina.

— Non vuoi che ti accompagni?

— No.

— Ah! — fece soltanto l'altra.

Le fiamme della vergogna abbruciavano le guance di Checchina: la voce restava strozzata in gola.

— Avrai fretta, sicchè? — riprese lentamente Isolina.

— Sì.

— È la prima volta che ci vai?

— Sì.

— Ed è un bel giovane?

— Sì.

Restavano ritte, una presso l'altra, a quell'angolo di via dell'Archetto, scusandosi ogni tanto per far passare i carri di pietre e di mattoni che l'attraversavano continuamente.

— Brava Checchina! E non dirmi nulla! Proprio si vede che non mi vuoi bene, punto, che non hai confidenza, mentre io ti ho sempre raccontato tutto, si vede che sei una grande ipocritona…

— Oh Isolina!

— Già, è questione di temperamento, io non te ne faccio un torto, quando si ama, si ha paura. Pure, avrei potuto aiutarti, darti qualche consiglio. Dove abita, lui?

— Qui… qui presso…

— Dove?

— A via Santi Apostoli.

— Brutta strada, pericolosa, troppo vicina al Corso — osservò Isolina, con la sua aria di esperienza — digli che cambi casa, che affitti una stanza ai quartieri alti, è meglio…

— Egli non ci va ai quartieri alti, in una stanza, è un signore, è un marchese… ..

— Un marchese? Che marchese?

— Il marchese d'Aragona — e il nome fu sospirato più che detto.

— Aragona? l'ho inteso nominare, un signorone. Ti avrà fatto dei gran regali? Un braccialetto?

— No: mi ha mandato dei fiori.

— Ti avrà scritto delle bellissime lettere?

— Una sola.

— L'hai in tasca, naturalmente? Fammela vedere.

E Checchina gliela fece vedere. Come sempre, subiva la volontà della persona che le era daccanto.

— È bellissima: felice te, Checchina mia, che sei amata. Oh la monacella che non diceva nulla!

— Ti ho detto tutto.

— Va, cara, va, Dio ti benedica: sii prudente, ti raccomando, tu sei nuova a queste cose, un nulla può tradirti, tu non sai a quale pericolo ti metti, va cauta. So io che cosa sia, che ci ho preso le palpitazioni di cuore! Va, non ti trattengo, beata te, se vedo Toto, gli dico che siamo state due ore insieme. Due ore basteranno, neh? O.... ti serve restare di più?

— Oh, Isolina!

— Non ti scandalizzare, non vi è nulla di male. Dammi un bacio, cara, siamo più che amiche, ora siamo sorelle.

E se ne andò per la via delle Vergini, col suo passo saltellante di uccellino frivolo. Checchina camminava piano, ancora abbattuta dallo scorno di aver dovuto dire tutto, parendole oramai tutto fosse finito, poichè un'altra lo sapeva, poichè ella aveva avuto la debolezza di pronunziare quel nome. Quando voltò in via Santi Apostoli, dette uno sguardo alla chiesa e, passando, urtò il cancello, era chiuso. Dinanzi al grande palazzo Odescalchi una carrozza stemmata stava ferma: era vuota, aspettava qualcuno. Poi, dall'altro marciapiede, Checchina vide l'arco e dopo l'arco, due botteghe, e poi la porticina, con uno scalino. Ma sulla soglia, sbarrando la metà dell'entrata, appoggiato al muro, vi era il portinaio, un uomo alto e grosso, dalla faccia volgare e irsuta di peli bigi, con un fazzoletto di lana rossa al collo e un berretto con la visiera, messo un po' di traverso. Fumava la pipa, guardando in aria. Di botto, sul marciapiede dirimpetto, Checchina si fermò, senza poter attraversare la via. Per entrare nella porticina, bisognava domandare al portinaio di poter entrare, chiedergli se il marchese d'Aragona era su e poi passare. Ella riunì tutte le sue forze, per far questo tentativo, ma a mezza via si fermò di nuovo. Il portinaio aveva un viso brutto e brutale, una di quelle facce irriverenti che disanimano i timidi. Ella arrivò sino dal tappezziere Reanda, cercando di farsi coraggio e attraversò la strada. Passò innanzi alla porticina, non levando gli occhi sul portinaio: eppure vide che costui la squadrava, sfacciatamente. Essa arrivò di nuovo sino alla chiesa: e si voltò a guardare le finestre, disperatamente, come se chiedesse aiuto. Le imposte verdi erano chiuse, il marchese lo aveva detto, che lui amava l'ombra. Allora ella rifece la strada, dal palazzo Odescalchi sino al caffè, all'angolo di via Nazionale, ripassando lentamente innanzi alla porticina. Il portinaio leggeva un biglietto del lotto, con una cèra collerica, ma non si muoveva. Ella non entrò. Per la terza volta, ritornando verso il palazzo Odescalchi, ella ripassò: egli ricaricava lentamente la pipa, premendo il tabacco col pollice — nè si levava dalla soglia.

Allora Checchina abbassò il capo e se ne andò a casa rinunziando.

In Roma, dicembre 1883.